私的歳時記

Fukuchi Koyu

福地湖游句集

ふらんす堂

私的歳時記／目次

福地湖游句集

私的歳時記

春

菜の花や学舎とほく古びたる

菜の花漬や涙の味にあらねども

前向けば大海原の花菜畑

ふるさとの海あをあをと遠桜

初恋は桜餅の味なつかしき

雪解川青竹はねて直立す

遠雪崩発砲の音かも知れぬ

薄氷やレニングラードのネヴァ河の

法然院　河上肇

道祖神のやうなる墓に古梅咲く

こころざし掌《たなごころ》の中ふきのたう

国家より個人が大事桃の花

鳥の巣にプーチン入つてゆくところ

書痴書淫書を捨てて蛇穴を出づ

鳥帰る幼き群に雲流れ

猫の恋しづかにやつてくれたまへ

星生《あ》るるY染色体は生き難し

京都 宇治

啓蟄や山本宣治墓前祭

地球儀の地軸ゆるゆる山宣忌

残雪や退職の門顧みず

日の丸君が代立たず歌はず通したりき

得手不得手いろいろありて卒業す
後ろ手でさよならをして卒業す
美しき未来をもてり卒業子
失業者証明貰うて卒業す

止めてくれるなおッ母さんに涅槃西風

涅槃西風吹けば母の忌来たりけり

さよならも云はぬ別れや三月尽

もしかして感染症の寝釈迦かな

福島の原発禍の避難者が八年目に京都の公営住宅を出された

春の鳥な鳴きそ鳴きそ避難者追はるる

太初には言葉がありき蝌蚪生《あ》るる

蛙論争

古池に飛び込んだのかい蛙に聞き

蛙の唄がきこえて来ない露《ロ》烏《ウ》戦争

亀鳴いて太初の言葉訊きにけり

鮭五郎公共事業に相《あひ》対す

日向から日陰に移る蜆舟

すべてゆめ恋よむかしの桜貝

桜鯛うち海のたりのたりかな

春灯に晶子寛の影うつす

酒好きの路地の細道沈丁花

コーヒーを薄く淹れたる紫木蓮

戦時中、栗生楽泉園でハンセン病患者らは強制労働を課せられ、多数の犠牲者が出た。村越化石、二〇一四年三月八日死去（九一歳）。

終戦忌の二句を措いて化石往く

（言ふべきを言うて果てしか終戦忌
終戦忌一輪の花切りてやる）

身ひとつ鞄もひとつ荷風の忌

空と海とほく交はる啄木忌

水甕の水わかちあふ河島英五忌

大逆事件（大石誠之助、高木顕明）に対し新宮市議会

ドクトル坊さん名誉回復うめほほゑむ

過去のみを親しく思ふ春の昼

春の海卒寿の詩人すつくと立つ

つばくらめ廂をさがす期日あり

イグアナもシーラカンスも春日和

裸体画と眼合ひたり春日和

天草

教会の畳の上に春日さす

一休の晩年の愛人

森侍者のその後を知らず草青む

冒険はいつも単独麦青む

草萌や俳句弾圧不忘の碑すくつと立つ

増長天が足下の邪鬼や草萌ゆる

パルチザン狼火を上げよ春の峰

雪融けて《シラネアオイ》高嶺の花に出合ひたる

絶巓に《リシリスミレ》孤塁を守る野の菫

細筆の軍事郵便母子草

スタンド・オフ・ミサイルか杉の花

黒塗りの情報公開四月馬鹿

教育ノ勅語ノ素読四月馬鹿

自衛権・自衛隊・その他四月馬鹿

退屈な首相の喋り目借時

先生と呼ばれたことも朧なり

実践と理論のあひだ朧かな

本屋減り喫茶店減り陽炎へる

陽炎よ隣りの爺さん呆け始む

糸遊やウソかホンマか判らない

陽炎に兵士のかたち見えて来る

平和といふ逃げ水をどこまでも追ふ

メーデー歌口を開けば海馬より

京都府知事に蜷川虎三ありき（一九五〇年～一九七八年在任）

バルコニーに虎さん手を振る労働祭

毒舌に聴衆の沸く春の宵

「憲法を暮らしの中に生かさう」麗かや

自由律の俳人でもあった

落城だ　和布うけとり退任す

（夏雲も悲し　原爆忌）

（道はただ一つ　その道をゆく　春）

メーデーのしんがりを守る銀髪の列

To be or not to be　憲法記念日

十連休五月三日の深呼吸

子どもの日アリスの国のうさぎ穴

子どもの日子ども食堂にゐる子ども

行く春におほかた捨てし手紙かな

夜行寝台列車の廃止

カシオペア・トワイライトよ春惜しむ

行く春を遠江の人とをしんだか

夏

句集とは遺言めいて櫻の実

湧き出でて五十年後の夏の水

初夏の一人措いての写真かな

地に降りて地に一列や夏燕

若葉寒色を持たざる放射能

薫風や原発不可の裁き出る

涼しさや原発ゼロの夏来たる

二〇一四年

再稼働に断食僧や麦の禾《のぎ》

青あらし逆走車がやつて来た

白靴を穿《は》き十八歳の初投票

日盛りに向かひて青年ビラを撒く

青蛙オランダ名を持つてをり
シーボルトが送る（学名　シュレーゲルアオガエル）

一国を担へる牛よ青田中

波平の手にさげたるや初鰹

新聞に広告おほし朝曇

七変化女はをんなにきびしけれ

向日葵のをちこち向いて老い盛り

能面のやうに年老ゆ茄子の花

夏の木を割る少年に小さき斧

郭公やどこまで行けど人に逢はぬ

珊瑚の穴砲弾の穴沖縄忌

砂の上に辺野古の蟹は泣きぬれる

若夏の辺野古の海の土砂の色

水漬く屍草むす屍浮いて来い

オリンピックしてゐるのだろ飛魚は

ダービーのぐんぐんのびる馬の面

父の日や相続はどうなりまつしやろ

夏雲にねむつたやうな舟屋群

夏瘦せて無限大なる貧富の差

こんな時代に誰がした驟雨たつ

水中花オフェリアといふ名を与ふ

サングラス犯人・捕吏のよく似たる

数式はみな美しく梅雨明ける

夏帽子目深にかぶり旅の空

尖《とんが》りを隠してゐるよ夏帽子

下下も下下下下下の鬼太郎の涼しさよ
（下下も下下下下の下国の涼しさよ　一茶）

夏芝居ひゅうどろどろの忙しなや

七変化コロナウイルス変異株

人影のきえた大路に揚羽蝶

自粛なのか緩和なのかえー金魚売

定斎売りや特効薬はありまへん

木から落ち忍びの如く蛇隠る

大将にならねば済まぬ青大将

蛇にも頭あり村にもリーダーあり

熊蟬北上亜熱帯を連れてくる

関すれど間道おほし蟻の道

パンドラの匣《はこ》あき蟻の右往左往

雲海の流るる稜線ゆく二人

石を積みケルンの尖《さき》で一万尺

山又山山ガール又山ガール

崖を見てのち空を見るクライマー

山林ニ自由存スと夏木立

源流を求めて行けばお花畑

お花畑ひみつのそれはをしへない

梓川下りきて吾が夏終りけり

五月闇一太郎二太郎万太郎忌

京都選出代議士　谷口善太郎

青林檎抗戦の子に供ふ谷善忌

一石路の白シャツ乾く草の上

晩年の波郷に八句ノ敗戦日

海霧《じり》深く祖国はとほくなりにけり

炎昼の銃殺だつたかも知れぬ

議事堂に遺失物たる蜥蜴の尾

「この子らを世の光に」炎天に誓ふ

読みかけの本は逆さま昼寝覚

門火焚く迷子の魂はふーらふら

逝つた者も反戦語る夏座敷

流灯を集めてゐたる小舟かな

八月やコンパスの軸ゆるぎなし

原爆忌京に投下予定地点

八月六日平和登校日のダイ・イン

核兵器禁止条約成りぬ草田男忌

（原爆忌いま地に接吻してはならぬ　草田男）

敗戦日お寺の鐘の戻りたる

一散に疎開児帰る敗戦日

教室に竹槍並ぶ敗戦日

敗戦日海の底なる虚空かな

玉砕の果ての玉音蟬の殻

※八月半ばまでを夏の季とした。

秋

続柄も淡くなりたり今朝の秋

秋暑しラムサールの湿原めぐる

底紅や切れ長の目の古代びと

晩年は曲線多し葛の花

虫売りの売り残したる虫の聲

鈴虫やカウンターテナーの合唱団

邯鄲や若き日の夢老いの夢

邯鄲や人生百年夢又夢

震災忌卒業写真のない年度

菊膾の一句ありけり耕衣の忌

菊人形の仇敵の首をすげかへる

やつて来た敬老の日に戦後派が

月明の電信柱あゆむなり

月明に三婆をどるサンバかな

救急車峠越えする星月夜

晩年は呪術覚えたし晴明忌

その角を曲つてその奥子規忌くる
三度三度もの喰ふ人や獺祭忌
横顔がさいごの写影ばつたんこ
わたくしの恥部は見せないばつたんこ

翁から翁に交替村芝居

村芝居何から何まで知つてゐる

山峡の温泉《ゆ》宿をながす秋出水

秋麗や砂の女に会はざりき

秋うらら砂丘の駱駝尻尾ふる

悼　青倉人士

十月の空に吸はれし俳の魂

嵐山　中之島公園

青倉忌日中不再戦ノ碑に会ひにいく

西瓜割れ右翼左翼に真二つ

秋団扇もとの隙間に返しやる

生身魂順番待ちの老ホーム

木端《こっぱ》も生きよ円空仏十万体

新米の山に手を挿す農家の子

捨案山子風雲急を見てをりぬ

話せども解らぬ人よ秋の風

秋の風ホーチミンサンダル今いづこ

秋風や実朝の見し海を見つ

秋風や文語の校歌消えてゆく

秋空に鈴なるやうに訃音きく

草の花軍馬一頭だに還らざる

竹内

浩三に弾は曲らじ草紅葉

文化の日またも明治に戻すとや

黍あらし大戦開始の知らせくる

鳶高く大きく舞ひて秋深む

人住める土地は減るなり秋の暮

身に入むや好い人はみな先にゆき

この道はいつか来た道白秋忌

銀杏散る前に散髪してもらふ

竹槍はまつぴらごめん竹の春

真直ぐに来て真直ぐに曲る里の猪

茅中は猪の親子の円かなる

鰯雲よぼよぼ爺さん矜持もつ

八十歳の無用の人の秋夕焼

冬

初時雨傾いてゐる支《つか》へ棒

時雨るるや東西南北山ばかり

熊鈴の音のりんりんと配達員

里に出て熊は鉄《てっ》砲《ぽ》で撃たれたる

木枯に古看板の律義なる

凩に学問の自由といふ盾

レーニンの指したる先の枯野かな

心血をそそぎたりしもみな枯野

雪待つは恋人まつに以て似る

京都北部

午前六時丹後の機音雪の音

濱に燃え濱に燃え尽く焚火かな

雪霏々と山ヤのザック隠さしむ

霰降るガラシャの里に家数軒

冬ざるる移民あるいは棄民とも

軒氷柱そしてたれもゐなくなる

人生は不可解なるか寒の滝

三島忌やたてたてよこよこまるかいて

投げ返すダムダム弾や漱石忌

しわのない五千円札や一葉忌

蕪村忌の男臭しや冬日さし

十二月八日や非国民たる覚悟もつ

二〇一六年

歳末のプーチン安倍の仮面劇

予備兵前へ！と云はれてころんぢやつた

寒風に猿又干して白泉忌

深泥池《みどろがいけ》の蓴菜《じゅんさい》ねむれる十二月

惜しまれて往くひとやよし花八ツ手

帰り花山の向かうは海の音

片恋は苦く山茶花は甘く

越前蕎麦これが旨いんだ宇野重吉忌

雪をんな乳房はふたつ陰ひとつ

その祖は反骨なりし海鼠かな

あんかうもキリストもありがたきかな

喜こびの歌に和したり年送る

白星もあり黒星もあり年暮るる

店閉づと歳末セールの知らせくる

小沢昭一

幕切れに一句投じて変哲忌

一九九五年阪神淡路大震災

寒雀一・一七の日を忘れない

白鳥の総身汚して争へる

夕鐘に帰りゆくなり百合鷗

寒鰤や出世はせずに退職す

狼が峠の向かうにやつて来る

多喜二忌やみんな多喜二が好きだつた

まぼろしの狼を追ひ兜太逝く

「アベ政治を許さない」兜太逝く

※一部、二月末までを冬の季とした。

人並を云ひし母亡し冬の星

星冴ゆる夜明けまでは生きるつもり

蜜柑山見え清冽な富士が見え
（富士山は背中を押してくれました職なき時も離職の時も）

冬晴れに海へ捨つべし富士眼前
（わが骨はふるさとの海へまいとくれ富士のかがやく冬晴れの日に）

新年

これがまあ雪の深さや御元日

食べるより飲むが易きや老の春

傀儡師改憲発議は箱の中

初念仏や小学生の九九となふ

蹴鞠始やコロコロコロナけつとばせ
ししまひや踊る前に嵩を見る
嫁が君穴より出でて猫を噛む
地動説感ぜぬままに去年今年

鋭角と鈍角のある初句会

俳諧の欣喜無限や年新た

芹なづな畏友益友ほとけの座

葩《はなびら》餅や食うて齢《よはひ》を一つ足す

眉唾の話（後記に代えて）

芭蕉さんとは遠戚なのだと聞いている。というのは福地一族はもとは伊賀の半農半士で、信長に恭順して手引きをし、抵抗派の郷士を抑えてしまった。松尾は福地の枝分かれのようだ。

しかし織田政権が倒れ、福地一族は追われるように駿河の国へ移住し、開拓農民となったという。寺が曹洞宗なのも、その名残りだろう。とは言え、四百数十年も前のこと、マユツバノハナシで、お後もよろしい。

二〇二三年　時雨忌に

福地湖游

追記

本句集は第一句集である。自撰句で私的歳時記を編んでみた。二〇一〇年～二〇二三年のうちの二七二句である。本歌取り・パロディ句も少なくないが、特に原句は示していない。ご推察を願いたい。また、忌日は日付順に拘らず載せてあるので、あしからず了《りょう》とされたい。

「一弦（同人誌）」「いき句会」「原爆忌全国俳句大会」に機縁をつくっていただいた、故青倉人士さんに深く感謝する。また、新俳句人連盟京都支部の伊藤哲英さんには、原稿に目を通して頂きお礼申し上げる。

著者略歴

福地湖游（ふくち・こゆう）

1955年静岡市（現駿河区）生まれ。本名、秀雄。静岡大学教育学部卒業。1978年～2010年京都府下の小学校、養護学校に勤める。

退職後、一時、田舎暮らしをする。それまでは純粋読者だったが、句作を始める。母方祖父・真一が俳句を作っていた（俳号・湖月）ので、俳号は一字貰った。

2013年新俳句人連盟加入。現在、同幹事。同京都支部「いき句会」。原爆忌全国俳句大会に実行委員として参加。

現住所　〒607-8075
京都市山科区音羽野田町24-5
ジュネス音羽504

句集　私的歳時記　してきさいじき

二〇二三年一二月二五日　初版発行

著　者——福地湖游

発行人——山岡喜美子

発行所——ふらんす堂

〒182-0002 東京都調布市仙川町一—一五—三八—二F

電　話——〇三（三三二六）九〇六一　FAX〇三（三三二六）六九一九

ホームページ http://furansudo.com/　E-mail info@furansudo.com

振　替——〇〇一七〇—一—一八四一七三

装　幀——君嶋真理子

印刷所——日本ハイコム㈱

製本所——㈱松岳社

定　価——本体二〇〇〇円＋税

ISBN978-4-7814-1618-2 C0092 ¥2000E